乡愁

何荣佳诗选

何荣佳 著

暨南大學出版社
JINAN UNIVERSITY PRESS

中国·广州

图书在版编目（CIP）数据

乡愁：何荣佳诗选 / 何荣佳著. —广州：暨南大学出版社，2015.10
ISBN 978 - 7 - 5668 - 1325 - 1

Ⅰ. ①乡… Ⅱ. ①何… Ⅲ. ①诗集—中国—当代 Ⅳ. ①I227

中国版本图书馆 CIP 数据核字（2015）第 014281 号

....

乡愁：何荣佳诗选

著　　者：何荣佳

出 版 人：徐义雄
策划编辑：杜小陆　刘　晶
责任编辑：周玉宏　徐晓俊
责任校对：曾　栩
责任印制：汤慧君　周一丹

地　　址：中国广州暨南大学
电　　话：总编室〔8620〕85221601
　　　　　营销部〔8620〕85225284　85228291　85228292（邮购）
传　　真：〔8620〕85221583（办公室）　85223774（营销部）
邮　　编：510630
网　　址：http://www.jnupress.com　http://press.jnu.edu.cn
排　　版：广州良弓广告有限公司
印　　刷：深圳市新联美术印刷有限公司
开　　本：850mm×1168mm　1/32
印　　张：3.25
字　　数：100 千
版　　次：2015 年 10 月第 1 版
印　　次：2015 年 10 月第 1 次
定　　价：26.80 元

　　　　　（暨大版图书如有印装质量问题，请与出版社总编室联系调换）

序　言

华人离乡别井，漂泊海外，各有不同原因。为了寻求长生不老药，徐福领五百童男童女远涉东洋；为了国家安定，昭君手抱琵琶出塞和亲，远嫁匈奴；为了坚守气节，苏武身居塞外，受难十九年，持节牧羊；近代更有大量合约华工漂洋过海到美国修筑铁路，到澳洲开采金矿。虽然这些海外华人是因各种不同原因离开祖国，但他们都具有一个共同的情结，那就是"乡愁"。

一九六六年，学校停课，整整一代知识青年丧失了继续求学的机会，被下放到农村接受贫下中农再教育。许多从城市来的知青，一年到头在田里辛勤劳动，但到年底结算，他们所得工分却不足以购买自己的口粮，最后还得靠城里的父母接济。为了前途，万般无奈之下，他们选择投奔香港。有的由陆路翻越梧桐山，然后游泳抵达香港；有的选择海上之路，夜间用小艇横渡伶仃洋。本书《品茗香江》中的诗句"一叶飞舟向海东，中原无地住英雄"就是那种景况的描述。

二十世纪七十年代初的中国仍然是国门紧闭，以阶级斗争为纲，把海外关系定位为里通外国、叛国投敌的最大嫌疑。因此许多海外华人不敢回乡，害怕被基层干部盘问，甚至担心被扣押回乡证。《江河万里》一诗中的"游子有家归不得"就是当时的真实写照。

自一九七八年改革开放至今，中国仅用了三十余年

1

的时间就赶上了西方国家在工业革命后用了两百多年才能取得的成就，速度实在惊人。在研究中国经济为何能迅速崛起时，有人认为海外华人的鼎力支持和积极参与不容忽视。更准确地说，是海外华人在中国经济腾飞的过程中起到了第一级火箭的推动作用。《乡愁》上编"情系中华"详细地记录了一位英国华人从回国考察到投资办实业的整个心路历程。细读《新一代华侨奋斗录》《流溪月》以及《赠广州市市长黎子流》等诗或附文，会令人感受到海外游子关心家乡建设及支持改革开放的浓情厚谊。也就是这一股由千千万万海外华人、港澳台同胞、中小企业汇聚而成的巨大经济能量推动了珠三角初期的经济发展，从而深化并加速了中国的工业化进程。

一九九一年，新加坡李光耀以卓越的政治远见提出了建立全球海外华商网络的建议。随后由新加坡中华总商会主席陈永裕先生倡导，联同香港中华总商会及泰国中华总商会共同发起了"世界华商大会"。同年九月，第一届世界华商大会在新加坡胜利召开。荣毅仁先生带领庞大的全国工商联合会代表团参加了这次盛会。随后世界华商大会第二届会议在香港召开。霍英东先生以香港中华总商会主席的身份邀请到会的全球华商代表前往珠三角参观，让大家了解中国改革开放政策的成果，就此大大地拉近了全球华商与祖国的距离，从而为全球海外华人支持并参与中国经济建设铺平了道路。二〇〇一年第六届世界华商大会于南京召开，会上朱镕基总理作了重要讲话。他明确指出：自中国改革开放以来，海外华人、台湾同胞及港澳同胞的回国投资总和占了中国利用外资总额的百分之六十一。这充分肯定了海外华人对祖国改革开放所作的重大贡献。会议期间，大会组织了全体与会者到南京中山陵拜祭国父孙中山先生。这一活动把世界华商大会推向了高潮。它反映了祖国对海外华人的强大凝聚力，同时也体现了海外华人与祖国血脉相连，并激发了他们为振兴中华作出贡献的热情与决心。如果读者有兴趣研究这一段独特的海外华人史，那么本书中《缘》及《上黄山》这两首诗及其附文均可提供一些具体史实和线索。

一九九七年香港回归祖国，中国政府以"一国两制"这一新颖的政治概念，并以和平的方式解决了历史问题。在这一过程中英国籍华人凭着地利优势在当地社会宣传"一国两制"政策，以确保香港顺利交接并平稳过渡。《惜别姜恩柱大使》与《惜别李新茂参赞》两诗及附文均有助于读者对当时的"民间外交"作进一步了解。

陈水扁自二〇〇〇年上台以来便疯狂鼓吹"台独"，妄图把台湾从祖国的怀抱分裂出去。陈水扁的阴谋引起了全球海外华人的高度警觉和极度愤慨。为此，海外华人在世界各地纷纷组建反"台独"、促统一的社团。"全英华人华侨统一祖国促进会"就是在这海外华人反"台独"的大潮中诞生的。《看兰花》一诗及其附文以日常生活中朋友间的交往为素材，用典雅而轻松的笔法写出了海外华人捍卫祖国统一的决心。《看兰花》一诗值得人们去细心体味，慢慢品尝。

以上简单的介绍只是挑选了部分较有代表性的诗与附文。《乡愁》收集的诗与附文记录了一个普通海外华人在不同时代的人生经历，特别是"文革"、改革开放、香港回归，以及海外华人反"台独"、促统一的特殊历史时期。对于那些有兴趣研究海外华人文学以及海外华人历史的学者，他们一定能在《乡愁》中找到对他们有用的信息。而对广大诗文爱好者来说，《乡愁》会令读者领略到海外华人思念家乡的游子情怀。当读者进入诗的深层意境时，他们将能感应到海外游子那一颗跳动着的"中国心"。

何荣佳
二〇一五年秋

目　录

上　情系中华

1

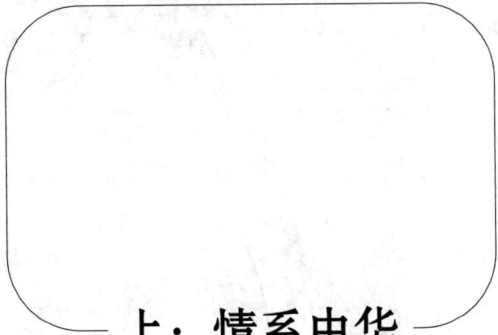

上：情系中华

御 苑

亭 台 飞 阁 效 中 华，

御 河 绕 照 日 皇 家。

明 治 维 新 轻 跃 马，

回 头 不 见 汉 桑 麻。

注：1976 年 8 月，何荣佳诗赠早稻田大学校长村井资长先生于日本皇宫。

乡

思故乡

一 条 小 河 映 旧 屋 ，
两 岸 芭 蕉 伴 青 竹 。
牧 童 横 笛 田 间 过 ，
八 千 里 外 游 子 哭 。

注：1978 年，何荣佳于伦敦。

4

Nostalgie

Des vieilles maisons au bord de

I'ètang， Planté de bambous，

Planté de banians， Un air de

Pipeau au milieu d'un Champ...

A ces souvenirs s'attriste

I'émigrant

Poem by Ho wing–kai

愁

5

国花会

牡 丹 花 开 日 ，
人 约 洛 阳 城 。
水 席 杜 康 酒 ，
中 华 儿 女 情 。

乡

谒 陵

沮水桥山元祖，

大河黄土中华。

黄陵帝庙古柏，

英伦游子国家。

愁

1991 年 10 月余随全欧崇正总会寻根访祖暨商业考察团回国，14 日抵达洛阳，是晚洛阳市副市长设水席宴请全部团友。

　　史云：武则天设水席大宴群臣，水席共廿四道菜，除八冷盘做下酒菜外，其余四大件，八中件，四压桌都带汤上席，水宴因而得名。

　　席间谈及洛阳市自去年起每年牡丹盛开时，特邀请海外华侨、港澳同胞及台湾同胞到洛阳欣赏牡丹花，并约在座各位于明年亦返国赏牡丹。酒过三巡，洛阳市旅游局副局长以杜康酒相敬，余因而得灵感而成诗。

　　人云"中国国花将于牡丹与梅花之间取舍"，余以为梅花虽能傲霜顶雪，但处境苦寒，若选为国花则喻中华民族将长处艰辛处境，实有欠吉祥，然牡丹象征富贵，兆国泰而民安，选牡丹为国花则中华民族可富泰而平安矣。

乡

返中原（二首）

挂 甲 嵩 山 下，

悲 歌 撼 汴 京 。

饮 马 花 园 口，

江 山 万 里 情 。

注：诗赠郑锦炯公使。

坐 下 先 干 三 杯 酒，

一 派 中 原 豪 侠 情 。

难 忘 汴 京 东 君 意，

送 罢 一 程 又 一 程 。

注：诗赠开封市副市长。

愁

1993 年 7 月余得中国驻英大使馆郑锦炯公使协助，赴开封考察商业，并拜祭先祖，获开封市副市长及开封市侨务办公室、河南省侨务办公室热诚招待，意盛情隆。

余习气功凡三十余年，未见重大突破，为此特赴嵩山少林寺小住，得少林寺武僧总教练德阳大师引荐，皈依少林寺主持素喜禅师为徒，不胜荣幸。

庐江何氏五十世祖何公讳栗，宋政和年状元，翰林大学士，曾任开封府尹，靖康年宰相，时金人犯境，栗祖主战，领军民捍卫开封，不幸城破国亡，与徽钦二帝同为金人所掳，栗祖拒降，绝食七日而殉国，年仅三十九岁。

余虽身居海外，然心怀故国，情系中华，站在花园口，望黄河滚滚东流令我心潮澎湃。

余在欧美兵败如山倒。谨此以大河黄水涤洗我心中创伤，以重返战地，卷土重来。

望 乡

手 中 一 杯 红 高 粱 ，
且 将 泪 眼 望 家 乡 。
儿 时 明 月 今 犹 在 ，
凄 然 奠 酒 敬 爹 娘 。

愁

中山大桥

桥 下 悠 悠 珠 江 水 ，

两 岸 开 满 思 乡 花 。

胸 中 一 轮 故 国 月 ，

五 洲 四 海 都 是 家 。

注：1994 年何荣佳成诗于广东中山浪网乡。

乡

余生于广东中山浪网乡，祖籍番禺大石，少时求学于石岐镇第一中学。由石岐放假回家可乘火船，票价五角四分，但为节省，余多取步行，全程廿余里，须时半日，经过三渡海，每渡两分钱。一次假期回乡，到最后一渡海时，船到江心，忽然远处传来咸水歌声，余一时兴至，取出随身所带横箫以和。待到彼岸，余正欲付渡船费，船夫笑曰："今次免收。"余欣然揖谢。回到家中，父母喜见儿归赶忙生火做饭，虽咸鱼青菜，亦乐也融融。余自1969年去国，直至1988年始才敢回乡探望父母，以后每年返家一次，每次只住一晚。

余爱家乡，珠江三角洲水网河涌、荔园蕉林、蔗海稻浪、渔舟晚唱，犹记四十年前，煤油灯下，慈母教余诵篇章。

近十数年来余征战欧美，终日横刀马上，然童年景象，家乡草木，竟令余这样难忘。

愁

13

新一代华侨奋斗录（三首）

临江凭栏望故乡，
隐隐远山最情长。
廿载飘泠游子泪，
尽付东流入海洋。

一轮明月照家乡，
知否伦敦正艳阳。
他山虽然风光好，
河边绿柳不姓杨。

暂御征袍访故居，
睡梦犹闻战鼓催。
临别一碗珠江水，
壮士离乡莫泪垂。

乡

这是一位历尽沧桑的后起之秀，与阔别20多年的王屏山老校长重逢时当场吟诵的思乡曲。他就是英国华人慈善总会副主席、香港永兴工业集团董事长何荣佳先生。

　　何先生此次到穗是专程回来参加永兴工业集团投资创办的广州从化永兴胶袋有限公司开业典礼。他对广州市人民政府侨务办公室、从化县人民政府的隆情厚谊和礼遇非常感动，对从化永兴胶袋公司从筹建到建成试产只用了几个月的时间感到十分赞赏，他认为这比在英国、法国办事速度还要快，他说："看得出中国内地地方政府争取外资的诚意。"

　　20多年前，血气方刚的何荣佳含泪辞别大陆，辗转到香港谋生。人地生疏，赤手空拳，靠着借来的五百元港币，梦想着出人头地，干一番事业。于是，白天拼命打工，晚上苦读夜校，他以惊人的毅力和勇气，默默地忍受着磨难，执着地追求自强，终于熬到了尽头，获得了硕士文凭和成功机会。与此同时，在几位志同道合的年轻人的共同努力下，永佳贸易公司也从仅有500元资本、一张办公桌这

愁

近乎一无所有的起点上，奇迹般地逐渐发展成为在中国香港、英国、法国、加拿大、美国拥有 11 间分公司的集团企业。回忆起这段简直令人难以置信的二十年创业史，何荣佳先生无限感慨地说："真是卧薪尝胆啊！是母校培养了我的自信心，奋斗力和自豪感。因为华南师院附中'勤奋踏实，刻苦认真'的校风，一直是我读书、做人、创业的座右铭和精神力量。我能够历尽波折坚持不懈，也深深得益于中国古老传统的文化。直至今天，我的案头仍常备《易经》《二十四史》等古籍。初到美、加开拓事业，《孙子兵法》则是我的案头宝书。在对中西文化做了仔细比较后，我更深刻地体会到中国古老文化的渊源和内涵之深厚。而今，我已步入中年，也常常在思考自己为什么活着这类问题。奋斗得来的财富，既然带不进棺材，那就应该做些有益于人类社会的善事，也应该对祖国有所贡献。四十岁左右的华侨华人，虽然正在书写一部有别于老一辈华侨华人的奋斗史，然而，他们中的绝大多数人却同样具有一颗不灭的中国心。所以，我们永兴集团董事局已拟就一项庞大的投资计划，预备在未来十年中，投入一亿港元，在从化开发建设一个工业村和制造中心，通过永兴公司的网络，将产品销向全世界。我们还愿意将在从化所得盈利全部用于再投资。"

言罢，何荣佳先生拍着他的老搭档、永兴工业集团副董事长梁起龙先生的肩头，意味深长而又动情地说："仁兄啊，让我们把20年海外拼搏的酸甜苦辣，化作一杯浓酒，为了从化工业村的发展，为了中华民族的强大，为实现我们当初的宏愿，让我们一饮而尽。"

录自《广州华声》

愁

流溪月

昔 日 共 赏 流 溪 月 ，

今 朝 痛 饮 白 云 山 。

明 日 天 涯 西 证 路 ，

与 君 一 别 几 时 还 。

注：诗赠广州市侨务办公室周凯文副主任，1995 年广州天河景星酒店宴会厅。

咏 牛

肩 负 铁 犁 迈 向 前 ，

步 步 低 头 步 步 谦 。

诗 到 秋 来 丰 收 日 ，

笑 傲 荒 山 变 良 田 。

注：近日舍弟购得银牛一只，据云乃中古宝物，因而请名家摄像并邀余题诗。余欣然提笔，诗记荣光胞弟以六年时间开发从化大夫田永兴工业村之事迹。

1995年于广州从化温泉。

19

1989年8月余，舍弟决定于广东从化县流溪河畔设厂，1990年工厂落成，由县长张桂芳先生主持开幕典礼，广州市侨务办公室周凯文副主任莅临剪彩，倍添荣宠。

　　犹记当年周主任于白云山下鹿鸣酒家宴请永兴工业有限公司分行经理以上行政干部一行十五人。步入宴会厅，只见王屏山校长等候多时，师生阔别廿多年，饱经风霜后重逢，彼此紧握双手，良久不能言语。时王校长已贵为广东省副省长，我虽满身铜臭，然对"尊师敬长"之中国古训又岂敢忘怀。数十年来，广州市华南师范大学附属中学培养了无数国家栋梁和民族精英。扪心自问，我并无辜负母校盛名。

　　1992年在广州市侨务办公室协助之下，番禺县政府决定将大石乡何氏家祠归还我族，周主任亲自引领回祖家办理手续，下午专车陪同往沙湾北村何氏大宗祠祭祖，然后一直送我返中山县浪网乡并与老父共进晚膳，经过一整天辛劳才匆匆作别赶返广州。

　　家乡经济开放，同时又落实侨务政策，令人欢欣。海外三千万炎黄子孙以及港澳台同胞将资金、科技、管理、技术、市场信息及全球性之销售网络带回中国。若现行政策得以持续，则我中华民族之振兴指日可待矣。

20

赠广州市市长黎子流

送 目 长 城 外 ，

登 临 镇 海 楼 。

一 轮 珠 江 月 ，

万 古 思 乡 愁 。

愁

注：1996 年写于羊城，诗赠广州市市长
黎子流先生。

惜别姜恩柱大使

煮 酒 伦 敦 唐 城 下 ，

梦 回 燕 山 共 品 茶 。

杜 鹃 开 满 香 江 日 ，

把 盏 炉 峰 望 中 华 。

注： 1996 年于伦敦，诗赠姜恩柱大使。

送别李淑芳参赞

引吭一曲别离歌，

故宫有条护城河。

来年再访伦敦日，

与君重游圣保罗。

注：1997 年 5 月于伦敦。

愁

观瀑布

雅集松间观瀑布，
醉看青山拥白云。
日采兰花三百棵，
夜深遥寄梦中人。

采 兰

白 云 深 处 觅，
山 间 小 路 寻 。
何 须 行 千 里 ，
百 步 有 素 心 。

愁

从化位于广州北郊约五十公里。市内水绿山青，有天湖公园、百丈瀑布及流溪河蓄能水电站等胜景，犹以温泉和兰花闻名于世。朱德元帅每次南下广州皆爱到温泉小住，然后入山采兰。1995年余返国公干，悉闻谢兄于从化偶得一段情缘，为此起龙贤弟及舍弟荣光特从珍藏之中选出亚明所作国画二幅，一幅名"观瀑图"，另一幅则名"白云深处"，命余题诗后赠予谢兄以贺良缘，且令所题小诗必须符合三个条件：诗要与画意贴切；要与从化山水有关；要题及谢兄情缘。

余与谢兄相知有年，欣逢兄台缘到，岂敢违命。于是即命备墨，随后于画前呆立片刻，大堂之中徘徊半晌，墨好而诗成。

乡

驻马松园

驻 马 松 园 听 泉 声 ，

优 悠 品 茗 陶 然 亭 。

有 情 还 数 流 溪 水 ，

脉 脉 相 伴 到 天 明 。

注：诗赠从化市副市长，1996 年元旦于从
化市陶然亭酒家。

愁

一转眼，与从化结缘已有十年。从化以温泉闻名于世，芸芸宾馆之中，余对"松园二号"情有独钟。闻说周恩来也曾于松园小住。

由英伦返国，飞行九千余里，甫卸戎装，沐浴温泉，且将驰骋商场、追逐名利之倦意一洗而空。当夜幕低垂，月圆人静，窗外阵阵泉声，有如温馨细语，与思乡游子细诉离情。

由"松园二号"沿幽径步行数分钟，便到陶然亭酒家。犹记当年回乡，从化市副市长特于陶然亭酒家为余设宴洗尘。当晚恰逢除夕，副市长相陪守岁，祝酒迎接新年。余谨赋小诗一首以记隆情厚谊。

"松园二号"倚傍流溪河。清晨起来，于前庭耍一轮太极，绕小池漫步，听松风鸟语，悠悠流溪河把思路慢慢带往从前。

想当年余在广州求学，风华正茂，今日还乡不觉已年过半百。屈指一算，余在海外拼搏已有三十余年。无论你商场得意，或者竞选败落，流溪河都在静静地聆听，又好像在细语叮嘱：切记要珍惜今天。

赠邓大熙先生

少年采菊越秀山，
两鬓微白访西关。
江湖散人不佩剑，
闲来只爱画牡丹。

注：邓大熙先生，退休银行家，毕业于岭南大学，住广州西关，号称江湖散人，时以字画相赠。谨以小诗一首以表谢意。

愁

国庆观礼

大 会 堂 里 赴 国 宴 ，

金 水 桥 畔 上 楼 台 。

烟 花 盛 放 游 子 笑 ，

明 月 高 照 故 人 来 。

注：献给彭光涵伉俪。

乡

30

1999 年 10 月 1 日乃中华人民共和国建国五十周年大庆，我有幸应邀到北京观礼，欢欣雀跃。

　　9 月 29 日下午五时三十分，中华人民共和国副主席胡锦涛在人民大会堂宴会厅设宴欢迎来京参加建国五十周年庆典的海外侨胞、港澳同胞、台湾同胞以及外籍华人。我与同伴单声博士伉俪、廖定一先生以及黄冠明先生按规定持请柬由东门进入。是晚大会堂宴会厅灯火通明，主席台上"1949—1999 国庆"几个大字光彩夺目，鲜艳的国徽令荣归游子倍感骄傲。

　　10 月 1 日上午 10 时，我登上了金水桥东观礼台观看阅兵典礼和群众游行。五十鸣礼炮过后是奏国歌、升国旗。随后江泽民主席乘车由天安门经金水桥进入长安街检阅海陆空三军。此次阅兵规模宏大、场面壮观，其中所展示的主战坦克、导弹和新型飞机，部分已具国际先进水平。紧接着，江主席回到天安门城楼讲话，扬声器里传来江主席洪亮的声音："……是检阅我们成就和力量的庄严典礼……"紧接着就是首都群众游行，游行第一部分是以"开国、创业"为主题的毛泽东时代，第二部分是以

愁

"改革、辉煌"为主题的邓小平时代，第三部分是以 "世纪、腾飞"为主题的江泽民时代，表达了中华民族各族人民团结在以江主席为首的领导核心周围，豪迈地奔向 21 世纪的坚定信心。游行以 "奔向未来"彩车方阵结束，最后成千上万少年儿童手持各色气球奔向金水桥，整个天安门广场五彩缤纷，一片喜气洋洋的景象。

　　五十周年国庆联欢晚会于 10 月 1 日晚上 8 时正式开始。多姿多彩的烟花把天安门广场点缀得艳丽明亮，由东观礼台回望，灯光掩映下的天安门城楼显得格外辉煌。为了留住这历史性的时刻，单声博士特地以天安门城楼为背景替我拍照留念。单博士乃名门之后，上海复旦大学本科毕业，巴黎大学法学博士，沐浴在节日气氛之下的单博士兴奋地说："何老弟，这次我们有幸回国观礼，实在不枉此生呀。"事实上，作为海外华人，我们都明白一个很简单的道理："如果祖国积弱，我们在海外就会遭人欺负；只有祖国强盛，我们才能抬起头来做人。"自改革开放以来，中国在经济建设方面所取得的成就举世瞩目，若中国能维持稳定的政治局面，在未来三十年内中国将在国民经济总量方面超越美国成为世界第一，作为中华民族的一员，怎能不为此而欢欣，怎能不为此而自豪！

　　这次回国观礼，在不同场合曾遇见好几位多年不见的朋友。但最令我惊喜的，是在国侨宴的晚上，当我按请柬上的编号找到座位时，耳边突然响起了熟悉的声音："何先生，你好！"定神一看，原来是国务院侨办前副主任彭光涵的夫人彭扬凤安女士。贤伉俪月前访问伦敦，唐城握别时彭先生微笑着说："北京见。"此时此地重逢，彭主任伉俪的一番诚意，令千里归来的海外游子倍感亲切。

　　注：1999 年 10 月 1 日深夜何荣佳成诗于北京长城饭店。

愁

惜别李新茂参赞

万 里 长 城 长 又 长 ，

泰 晤 士 河 水 泱 泱 。

送 别 何 堪 回 头 望 ，

无 奈 他 乡 作 故 乡 。

注：1999 年 9 月 25 日庐江何氏荣佳于英国伦敦。

34

六年前英国崇正总会于伦敦唐城宴请星岛集团董事长胡仙博士，李新茂先生以一等秘书的身份代表中国驻英大使馆出席，李秘书原籍广东省龙川县石坑镇，他一口流利的客家话令在场侨领感到非常亲切。

李参赞在英国工作了整整六年，一个外交官把一生最富精力的六年奉献给了英国华人社会。我想将来研究英国华侨历史的人会对李参赞在英六年的贡献作如下总结：

（1）积极宣传及落实侨务政策。

（2）鼓励英国华人回乡参观访问、归国投资并积极推动民族振兴运动。

（3）在居英新界原居民中广泛宣传"一国两制"政策，为确保香港平稳过渡、顺利回归祖国做出了贡献。

（4）多次举办"和平统一祖国"研讨会，使"江八点"深入英国侨心。

（5）勉励英国华人融入当地主流社会，积极参政议政。

（6）培养造就了一批受过良好教育并具备潜质的中青年侨领，使其能承前启后，为迎接 21 世纪侨务工作的新挑战准备了良好的条件。

愁

1996年李秘书荣升参赞，世界华商大会英国委员会设宴恭贺，在致答谢词时李参赞谦虚地说："大家还是像以前一样称呼我老李好了。"整个宴会的气氛顿时变得既轻松又和谐。每当有侨团回国参观访问，李参赞必定尽量抽空亲自到机场送行。一晃眼六年过去，如今我们为李参赞伉俪饯别，以后又天各一方，实在令人感慨。

秦始皇派遣五百童男童女东渡日本采长生不老药，标志着我中华民族海外华人史正式开始。海外华人离乡背井、漂泊天涯；或因战乱，或因饥荒，或因求学，或因改朝换代，虽然各有苦衷、各有因由，但是他们都有两个共同特点：对祖国的无限热爱，对家乡的深情怀念。

天下间谁无父母，天下间谁无故乡？也许有一天会有人告老还乡，落叶归根；也许会有人眷恋他山草木，落地生根。海外华人之中有人只会说英语，也有人只懂法语；有人只会说德语，也有人只懂意大利语、西班牙语。但无论他是讲哪一种语言，也无论他居住在哪一个国家，千百年来驱使着海外华人关注中华民族命运的，都是这一颗赤诚的"中华心"。

乡

看兰花

闲坐庭前看兰花，

清泡一壶普洱茶。

谈笑纵横天下事，

一统山河为国家。

愁

注：诗赠全英华人华侨统一祖国促进会
会长单声博士。

1999 年 10 月 1 日，余与单声博士应邀到北京参加新中国成立五十周年大庆，回伦敦后博士邀余过府做客。单府坐落于伦敦 Hampstead，建于 1892 年，乃名建筑师 Norman Shaw 之杰作，其圆拱形房顶回音和悦，是特别为声学家而设计的。单博士与梅兰芳均为泰州人士，份属同乡。博士酷爱京剧并任梅兰芳票友会顾问，夫人姚莉莉女士擅唱京剧，为此博士特意选购了这幢房子。

单博士年近古稀，闲来喜欢书法，犹爱种花。前院除有牡丹等名贵品种外还有各式兰花。余亦爱兰，但不得栽种要领，博士教以栽兰二十字诀："春来少用水，秋高怕风吹，夏免太阳晒，入冬无冻馁。"数十年来博士悉心栽种兰花，闻说乃借此以寄托对其胞妹秀兰思念之情。

博士的书房就在二楼。书房宽大而幽雅，室内有一尊巨形木雕佛像，面容慈悲而安乐，令整个书斋的气氛显得格外宁静祥和。泡过一壶浓茶，摆好小点，单夫人微笑着说："当年电视台访问博士，那记者正好就坐在你现在的位子上。"与主人家在书房里品茶议事，古今中外无所不谈，再望着窗外百年老树、茵茵绿草，感受着人与自然和谐之美，确是别有一番情趣。

博士古色古香的书桌旁边摆着一个一米多高的花瓶，此乃英法联军火烧圆明园时掠夺所得，瓶身仍然留有当年子弹擦过的痕迹。博士在伦敦拍卖行竞拍把它买回来，放在书桌旁以警示自己莫忘国耻，以激发振兴中华之情怀，赤子之心堪昭日月。

1997年6月，余与博士一同返港参加"香港回归大典"。是年圣诞节，博士寄来全家福一张。照片中儿孙满堂，分外温馨。单老有两男两女，皆出类拔萃，学有大成，犹以幼女最为杰出。博士幼女长居巴黎，四十出头便担任"法国建筑艺术学会"主席。千禧仲夏更获法国总统颁授的"骑士勋章"，以肯定其于中法建筑学术交流所作之重大贡献。爱女金榜题名、光宗耀祖，博士也老怀安慰，欣喜之情常挂嘴边。余尝趣问单老："汝生来英俊魁梧，学富五车，荣衔博士，娶得大家闺秀又儿女成材，投资地产而腰缠万贯，古稀之年仍龙盘虎步，人生若是，夫复何求？"博士含笑片刻，悠然作答："希望在我有生之年，能亲眼看到祖国和平统一。此乃我今生最大的心愿。"

海峡两岸分裂已整整半个世纪，和平统一祖国乃全球华人之共同愿望。只要全球中华儿女同心同德、协力促进，则和平统一祖国之民族大业定能早日实现。

对酒花间

对 酒 花 间 话 当 年 ，
绿 草 无 声 似 欲 言 。
窗 前 凝 翠 山 间 月 ，
梦 里 桃 花 天 上 仙 。

愁

注：题岑健兴先生抽象画。

41

千禧年元月第一个星期天，英国华人工党选定位于北伦敦一家马来餐馆 (Satay Baba Restaurant, 82 Fortis Green Road, Muswell Hill, London N10) 作聚会地点。由我家到 Satay Baba 约需三十五分钟车程，餐馆门面简单，一点儿也不显眼。

　　推门而进，一位中年男士笑脸相迎，经布莱尔谢锦霞夫人介绍，他就是餐馆东主岑健兴先生。原来他们彼此认识已经有十多年。宾主礼经三让，方依次就座。赏过一杯香浓中国茶，我定下神来，环顾四周，发觉餐馆墙壁挂满油画、水彩画及中国画。"岑老板喜欢收藏艺术品？"我好奇探问。此语一出，顿时引起在场朋友哄堂大笑。"墙上所有的画都是岑老板的作品。"幸亏吴天南博士快语替我解围。

　　全球国际性大都市之中，誉伦敦为万国菜色之都，乃当之无愧。法国餐、意大利餐、中国餐、日本餐、韩国餐、印度餐、越南餐、泰国餐、墨西哥餐、马来西亚餐，应有尽有。在芸芸马来西亚餐馆之中，Satay Baba 之菜色最为地道，也最具水准。也许是思乡之故，吴美莲议员对当日各式马来西亚菜式欣赏备至、赞不绝口。岑老板在槟城出生，年轻时来英国深造，主修美术。一个艺术家把在艺术上追求"真善美"的精神运用到烹调技术上，无怪乎其餐馆菜色之品质如此上乘，简直可以傲视同行。听说，岑老板年轻时在伦敦曾一度拥有五家马来西亚餐馆及一家古董店。岑老板既能醉心艺术、专注绘画，又具企业精神、懂得经营生意，这样的画家在艺术史上甚为罕见。

　　岑先生之国画，取材十分地道。那崇山峻岭、村边老榕、小桥流水、田野牧童，一景一物无不勾起海外游子对祖国的深切怀念。其水彩画颜色鲜艳，画中碧海蓝天、椰林绿树，一派马来景色、热带风光，实在令人神往。油画所绘，一幢幢红顶洋房、铁柱街灯、淑女洋狗、路边茶座，一派欧陆风情、典雅大方。看了他的画，即使你与岑先生素未谋面，大概你也会猜想："这位画家很可能是居英马来西亚华人。"除具象绘画外，岑兄尤擅抽象画。其用色光暗有度、配搭和谐、层次分明、结构严谨，且善用桃红、橙黄、草绿及淡紫，令人看后觉得心旷神怡、满怀希望。

愁

千禧年仲夏，岑兄举行花园酒会。是日风和日丽，高朋云集，不乏绅商名流、社团领袖。岑家坐落于北伦敦 Highgate 区，厅堂宽大，前庭后院、家私摆设、一花一木均能体现艺术家之精思细作，实在优美典雅，别具一格。但最令人流连者还数其画室。岑兄画室，宽敞光亮，静，可以阅读沉思；动，可以挥笔作画。岑兄十分好客，连番劝酒，三杯过后余已不胜酒力，随即飘飘然而忘我，居然与主人家论起画来："其实诗人也是画家，而画家亦是诗人。所不同者诗人以文字绘画，而画家则以线条及颜色写诗。故诗即是画，画即是诗。"岑兄闻言，豁然大笑，遂邀余题诗，正值余酒意尚浓，竟毫不客气，欣然应允。

缘

漂 洋 过 海 兮 墨 尔 本 兮 ，
去 年 今 日 兮 邂 逅 君 兮 。
绿 草 茵 茵 兮 海 德 园 兮 ，
今 年 今 日 兮 共 举 觞 兮 。
柔 情 万 缕 兮 莫 愁 湖 兮 ，
明 年 今 日 兮 赴 盛 会 兮 。

注：诗赠南京市副市长王浩良先生。"海德园"是指英国伦敦的"海德公园"。

愁

45

1991 年新加坡中华总商会陈永裕会长发起并主办第一届世界华商大会，李光耀资政在会上作重要讲话并提出"建立全球华商网络"之理念。中国方面由中华全国工商业联合会主席荣毅仁先生带领庞大代表团参加。由张醒雄先生任团长的英国代表团一行三十多人由伦敦飞往新加坡赴会。会议期间新加坡总统黄金辉先生在总统府举行花园茶会招待全体到会成员并与来自世界各地的华商逐一握手，闲话家常。

　　1999 年 10 月，第五届世界华商大会于澳大利亚墨尔本举行，世界华商大会英国委员会代表团由单声博士任团长，取道北京、南京、上海飞往墨尔本赴会。会上余作简短自由发言，提出 21 世纪初期海外华人工作的主题应为："融入当地主流社会，参政议政，同时关心中国，协助中国走向世界。"这一提法马上得到中国代表团成员热烈响应，他们纷纷表示支持与赞同，南京市副市长王浩良先生主动上前与余握手交谈并互换名片。王市长谦厚温文，并不嫌余卑微，与余平身论事，会后互相交换纪念品，令余十分感动，此情此景今记忆犹新。

2000 年 7 月 20 日，王浩良市长率领南京市经贸代表团访问欧洲，第一站为伦敦。世界华商大会英国委员会于伦敦唐城醉琼楼酒家设宴欢迎。出席宴会的有中国驻英使馆参赞孙大立博士、一等秘书萧湄琬女士及张铁建先生，全英华侨华人中国和平统一促进会会长单声博士，国际狮子会 105A 区域总监廖定一先生，英国崇正总会张醒雄会长，伦敦福音戒赌中心主席黄冠明先生等三十多人。席间王浩良市长对改革开放后南京市的发展作了详细介绍，并呼吁英国各界华商踊跃参加明年 9 月在南京举行的第六届世界华商大会。

南京乃十朝古都，届时各国华商不但可以游夫子庙、紫金山天文台及莫愁湖等名胜，还可以一览长江大桥雄姿、谒中山陵。孙中山先生云："华侨乃革命之母。"数千海外华夏子孙云集南京，正值海峡两岸酝酿统一，确有特别之历史意义。按大会惯例，主办国总理将在大会开幕典礼致辞，因此，参加 2001 年第六届大会之各国华商，将有机会一

愁

睹朱镕基总理之风采。该届大会得到中国政府有关部门高度重视，除由中华全国工商业联合会主办外，协办单位还有中国海外交流协会、中国国际贸易促进委员会及中华全国归国华侨联合会等，规模之大、阵容之盛将为历届之冠，相信到时将会另有一番热闹。

乡

上黄山

中 秋 结 伴 上 黄 山 ，

登 峰 何 惧 路 艰 难 。

光 明 顶 上 群 峰 绿 ，

谁 道 高 处 不 胜 寒 。

愁

注：世界华商大会英国委员会主席何荣佳，2001 年 11 月 6 日于伦敦。

2001 年 9 月 16 日，世界华商大会英国委员会代表团一行五十五人赴南京参加第六届世界华商大会。大会结束后，于 9 月 20 日起程往合肥市拜访安徽省总商会。是日许仲林省长于芜湖市接见全体团友，并委托安徽省政协副主席王鹤龄教授于合肥市宴请全体团员。宴会后，王主席于百忙中仍亲自到飞机场送行。是晚抵达黄山市，入住黄山国际大酒店，酒店大堂挂满了新加坡总理李光耀、泰国王储等世界名人登黄山之照片，其中邓小平以 76 岁高龄登黄山之巨幅照片最引人注目。

　　9 月 21 日清晨，吃过早餐，备好雨衣手杖，全体团友向光明顶进发。由酒店直上光明顶，回程经飞来石，过排云亭，全程三个半小时。为了确保登上光明顶，一览黄山胜景，欧华文联主席潘伟濂伉俪及领队陈茂良先生还特地为每位花了 1 600 元人民币雇了山兜，前呼后拥随团上山，平添一番热闹。团友中年纪最长者乃七十三岁之陈惟理博士，年纪最小者则是只有十一岁的何明高。六个月前才在伦敦做了心脏手术的印度籍大律师 Mr.Raja Minesh 几乎不能相信自己竟然也能够顺利走完整个旅程。一路上苍松做伴，步步青云，仿若身处仙境，飘飘然乐而忘忧。

驻足光明顶，面对中国秀丽云山，团友们禁不住连声赞叹，只有陈惟理博士面容肃穆，一言不发。"陈博士，你有心事?"我小声问道。陈博士满脸慈祥，报我以微笑，右手轻轻按着我的肩膀，慢慢走了几步，终于开腔："何老弟，此时此地，我想起朱镕基总理在南京世界华商大会的演讲，他呼吁海外学子才俊荣归祖国，为中华民族效力，只可惜，我老了……"陈博士两眼微红，语重心长，令我感触万分。我与博士相知有时日，几年前博士送我一枚纪念邮票，上面印有其父陈其尤先生之肖像。此邮票乃中国政府为纪念八位民主人士而发行。陈父乃中国致公党创办人之一，曾任致公党主席，对国家民族颇有贡献；而陈博士则毕业于伦敦大学帝国理工学院，乃材料物理学权威，现任欧盟产品规格委员会主席。陈门两代英杰，均为优秀中华儿女，实在令人钦敬。

2001 年 11 月 5 日，许仲林省长率领安徽省经贸代表团访问英国，团员包括安徽省政府秘书长徐

愁

立全先生、安徽省发展计划委员会主任周本立先生、省财政厅厅长朱玉明先生、蚌埠市市长方平先生及省外事办公室主任仲建成先生等一行十五人。11月6日世界华商大会英国委员会于伦敦凤凰阁酒家设欢迎晚宴，出席宴会的有中国驻英大使馆总领事孙大立博士、一等秘书颜敬群先生、全英华侨华人中国和平统一促进会会长单声博士、国际狮子会105A区域总监廖定一先生、欧洲台湾商会联合总会主席廖再思先生、全英华人妇女社团联合会总会赖春华会长、欧洲共同体产品规格委员会主席陈惟理博士、伦敦北西敏市华人妇女会会长何廖锡香女士、无线电话批发商刘家昌博士、画家岑建兴先生、伦敦佛光寺主席倪世健女士、李荫培律师、赵耀良夫人、Mr.Raja Minesh等五十余人。

历史上安徽曾出现过曹操、周瑜，又产宣纸、徽墨，更有黄山胜景。许省长温文谦恭、沉着稳重，定能带领安徽走向世界，开创21世纪新局面。

恳 亲

四 十 年 后 歧 江 边 ，
老 榕 树 下 话 当 年 。
游 子 思 乡 千 滴 泪 ，
洒 落 阜 峰 宝 塔 前 。

注：诗赠中山市统战部部长韩泽生女士。

愁

53

应八十五岁高龄何蔚高校长及中山市统战部部长韩泽生女士之邀请，我回中山参加2002年11月9日至11日于石岐举办的第四届世界中山同乡恳亲大会。来自全球四十多个国家的1600多位乡亲云集中山故里，畅叙乡情。

　　下榻之国际大酒店就在岐江边。我离别家乡四十载，看到悠悠岐江水，感到亲切依然。我少年时在石岐镇第一中学读书，常伴三五知己，过岐江桥，到西郊公园仰卧于青草地上，望月抒怀，憧憬明天。

　　石岐一中与月山公园只隔一道明代城墙，有几棵老榕树沿着古城墙盘根而立。孩童时候，我母亲常于煤油灯下，教我诵读诗篇。来到石岐，我喜欢于大清早跑到月山公园，在石板凳上、老榕树下，高声诵读，神交圣贤。有一天清晨，一位健硕男儿以礼相请："我太师父要跟你说话。"我跟随这位青年，沿着石梯一步一步走到山顶，一位僧人正端坐在古亭中央，问道："你每天早上来月山高声朗诵，已有一年。你可知道这种精神叫什么？"看到这慈祥而又威严的面孔，我默不敢答。"这是毅力！乃学武必备之条件。你想学功夫吗？"我还未来得及回话，那位引见青年已抢先开腔："还不下跪拜见三太师？"一晃眼，这已是四十多年前的往事了。

恳亲大会的第一个节目是"故里巡游"。11月9日早上，1 600多名中山海外乡亲由西岸酒店区出发，过歧江桥，沿孙文路，经悦来街，最后抵达中山纪念堂，一路上乡亲们夹道欢迎。当路旁小童向我挥手致意时，我顿时乡情触动："四十多年前，我就像这小孩一样，在这块土地上出生、成长……今天荣归故里，但已两鬓微白，近花甲之年。"除非你曾亲历此等场面、否则你很难体会"少小离家老大回"是什么样的滋味。更令人感动者，是我看到有乡亲父老，热泪盈眶，伫立路旁。此情此景，令我深感震撼，记起慈母来鸿的一首诗："片片白云飘向西，离巢小鸟枝上啼。香港伦敦二十载，望穿肉眼盼儿归。"

11月11日是恳亲日。海外乡亲们有的回祠堂上香，有的回故里寻根，有的与亲人畅叙，有的回母校看望师长。我则是回到了阔别四十多年的母校

愁

石岐一中。由于何蔚高校长的精心安排，我得以与所有老师及同班同学相会。久别重逢，同学之间仍以少年时绰号相称，好不痛快。最后，陈庆镇同学掏出一张约两寸大、以烟墩山阜峰文塔为背景的全班同学合照，指着前排右三说："这就是当年的你。"

11月12日，我将乘国泰航空午夜班机从香港返回伦敦。当天清早，何蔚高校长和罗勉校长用专车送我到中山港码头。飞翔船徐徐离岸，但我仍然心潮起伏……我的家乡就在歧江边，烟墩山下留着我美好的童年。带着那浓浓的乡情，烟墩山啊！我愿与你一起走向世界、奔往明天。

忆明湖

明 湖 烟 波 绿 ，
岗 顶 木 棉 开 。
轻 声 回 少 女 ，
客 从 伦 敦 来 。

愁

每到广州，我总喜欢抽空回石牌岗顶走一趟，因为那里有着我青年时期的回忆。1963年我考上华南师范学院附属中学。华附位于岗顶，校园颇具规模，教学大楼、实验室、学生宿舍以及书画馆，在60年代的中国均算一流。除了排球场、篮球场及乒乓球室外，学校还有两个标准足球场。然而最令我难忘者，乃四百米跑道旁边的台湾相思树与校园内参天的木棉。

广州以木棉花为市花，春天二、三月红棉盛放，如火吐艳，正值石牌大学区春季开学，青年学子夹着书本在校园内漫步，整个大学区洋溢着青春气息，充满希望。记得我在华附校园曾荣获王屏山校长颁发的"优秀生"称号。一时诗兴，偶得佳句："岭南三月万花红，木棉似火舞春风。英雄不作小盘树，豪杰仰慕大青松。"时年仅十八岁。

师大附中与暨南大学对门而立。60年代革命化之风正盛，华附许多女生改穿军装。名门淑女的娇妍一时全被改造为母虎雌威。然而暨南大学则是另一番景象。暨南大学乃全国最高华侨学府，学生大

乡

部分来自国外。华侨女生秀发披肩、白衣蓝裙，骑着女式自行车在校园内穿梭，配上暨大校园的花草树木、林荫大道，不失为石牌大学区一大美景。年轻时我常与三五知己，由北门进入暨南大学，沿真如路漫步，经明湖一直走到暨南大学正门。

2002年我考上暨南大学攻读博士学位，回校注册，入住专家楼。专家楼坐落于暨南大学南湖边，前庭有一棵老榕树。晚饭后沿南湖到真如路散步，希望重拾旧日回忆。可惜近四十年来，暨南大学几经发展，60年代的建筑已经荡然无存。可幸明湖犹在，那碧波承载着半个世纪的往事，好让海外归来的校友可以平静地缅怀。第二天清早，我由专家楼出发，过南湖，经图书馆及校友楼到曾宪梓科学馆参加开学典礼。我的座位就在国际会议厅的最前排。礼毕，校长从主席台走下来与我握手短叙。邻座李姓新生端详良久，问曰："先生在暨大执教哪一科？"我以礼作答："我也是新生，从伦敦回来。"李小姐来自缅甸，她的大姐就读于国立新加坡大学，二姐在台湾大学攻读法律。一门三地，其父可

愁

谓用心良苦矣。

"暨南"出自《尚书·禹贡》："朔南暨，声教讫于四海。"原来"中华文化国际化"之理念，已有几千年历史。吾辈要把这理想变成现实，实在任重而道远。

乡

剑桥梦

三圣门外苹果树，

国皇桥畔大教堂。

金融城下学麦母，

也栽杨柳剑河旁。

愁

注：诗赠剑桥大学圣三一学院麦丹小姐。

2004 年 2 月 21 日我有幸获剑桥大学邀请，在剑桥大学亚洲法律及商业学会周年大会上、以"中国大陆、香港、台湾，一国三地"为题作演讲。同场出席演讲者包括中英联络小组前英方首席代表大伟、侯杰斯等。

　　在剑桥众多学院中，我对圣三一学院和国王学院印象较深。

　　圣三一学院创办于 1546 年，据说乃剑桥最富有之独立学院，历来人才辈出、傲视全球。仅在 1935 年英国下议院的 615 名议员中，就有 49 位出身于剑桥圣三一学院；创校以来，曾经有六位英国首相、一位法国总理、一位爱尔兰总统毕业于圣三一学院；除了 31 位诺贝尔奖得主外，其他领域佼佼者更有：诗人拜伦，哲学家培根和罗素，印度总理尼赫鲁和拉吉尔·甘地，以及被誉为人类最伟大的科学家——牛顿。

　　据说牛顿发现万有引力是在英国林肯郡，当时他观察苹果从树上掉下来，得到了灵感。为了纪念这位伟人对科学的贡献，后人特地把这棵苹果树的后裔移植到圣三一学院的三圣门外。从牛顿曾经居住过的房间推窗往外望，就正好可以看见这棵世上独一无二的苹果树。全世界到剑桥的游人皆喜欢在三圣门外与这棵苹果树拍照留念。

国王学院创建于1441年，乃剑桥大学四大著名学院之一，尤以礼拜堂著称于世。教堂枕卧于剑河之畔，从奠基到完工，经历了整整一个世纪，据说教堂之玻璃彩图及房顶结构均为欧洲建筑经典之作。到剑桥旅游，只要花六英镑就可以坐小船畅游剑河。小船慢慢驶过剑河四大名桥——国王桥、奇雅桥、数理桥、叹息桥，此时此刻，倘若你以心亲近那两岸垂杨，你定能体味金庸的表哥、梁启超的学生——诗人徐志摩在剑桥求学时的那份浪漫情怀，"轻轻的我走了，正如我轻轻的来"。

今年剑桥大学亚洲法律及商业学会周年大会的主持人是一位姓麦的年轻姑娘，就读于圣三一学院。麦小姐由香港考入英国顶尖学校伦敦圣保罗女子中学。为了孩子的前途，其母特地在学校附近买了房子，以便照顾爱女。古有孟母三迁，今有麦母移民。天下父母心，古往今来皆如此，堪昭日月。

犬儿明高年十三，今年考上伦敦金融城男子中

愁

学。为广其见闻，余特领妻儿共赴剑桥之约。年会已毕，父子同游剑桥大学。一如所有游人，余和小儿亦于三圣门前与苹果树拍照留念。拍照完毕，犬子终于开腔："你英文讲得很慢，同时也有点生硬，不过，你的演讲内容却是全场最棒的！"言毕，轻轻搭着我的肩膀，微笑着凝望着我，眼里似乎看透了我这个老父对他的殷切期望。

乡

圆　梦

　　余生于广东中山浪网乡。由家里步行到浪网小学，中途经过一个圩市。童年记忆最深者乃五姑摆卖的咸酸档。儿时最喜欢吃的是五姑卖的咸酸萝卜，每份人民币一分钱。一天上学的时候，余呆站咸酸档前，五姑笑问："你又想吃咸酸萝卜?"余暗然回答："今天没钱。"五姑打趣曰："不要紧，只要你能背古诗一首，咸酸萝卜不用钱。"余应声开始背诵。五姑听罢，轻声赞叹："神童佳，你果然名不虚传!"

　　1966年余正就读于广州市华南师范学院附属中学。是年五月初夏的一个晚上，学校突然召集所有应届高三毕业生开会并由王屏山校长宣布："今年高考延迟三个月。"天知道这一延迟就是十二年!从此，全国一共有三千多万知识青年开始了上山下乡的历程。

　　1969年12月10日，余乘轻舟横渡伶仃洋，

愁

从中山抵达香港。从此离乡别井，无缘庙堂。清华北大乃余少年梦想。然时不济我，无奈浪迹江湖、漂泊异乡，一直与两校无缘。

2005年7月1日，余喜获剑桥大学录取通知书，时年已五十有八。余做梦也想不到，在这近花甲之年，居然中了"洋举"，同时也令余想起那发了疯的范进，感怀身世，顿时热泪盈眶。是年9月19日乃中秋节翌日，余由伦敦赴剑桥大学参加国际关系研究所开学典礼。临别送行，老妻按俗例给我一个小红包，笑曰："好孩子！到剑桥后该好好用功读书啰。"

剑桥大学创建于1209年，有三十一个成员学院。再过几年就是剑桥大学八百周年校庆。余所在学院名"少温"，建于1882年。余的套间有一张单人床，一个衣柜及一组抽屉，床边有洗脸盆，推开窗户可见如茵草地，亦可遥望学院礼堂。套房内有小客厅，内有大书桌可容书本及电脑，两张小沙发可供接待访客，英式火炉边摆着钢琴，紧张学习后可以轻松自娱。如此善待精英，无怪乎剑桥大学能培养出81位诺贝尔奖得主，傲视全球。宿舍以楼

乡

梯编号，出房门左转就是著名的"少温学院后花园"，以开阔青翠著称。早上起来，余喜欢先到后花园练一遍太极拳。有同班同学，年三十出头，在政坛身居高位，见余清早练功，打趣曰："何老兄，你倒是越活越精彩了。有朝一日吾贵为元首，你愿当吾国事顾问乎？"余听罢，继续练功，笑而不答。

在人生的旅途上，如要保持领先地位，就得长期处于赛跑状态。这究竟是苦还是乐？已经难以区分。其实，人既已在江湖，又何必再苦苦究问？

愁

康河秋月

康 河 秋 月 泛 轻 舟 ，

垂 杨 不 解 思 乡 愁 。

清 风 悄 然 桥 上 过 ，

不 许 天 鹅 笑 白 头 。

注：献给中国驻爱尔兰大使张小康女士。

乡

两年前余在伦敦大学研究生院读书，适逢中国驻爱尔兰大使张小康女士应邀赴伦敦经济学院演讲，余为三百多位学生听众中之一员。

　　当今世上，只有三种人有资格在伦敦经济学院作演讲：

　　第一，诺贝尔奖得主；

　　第二，世界著名理论权威；

　　第三，各国政要。

　　是年，张小康大使随其夫查培新大使来伦敦就任，领公使衔。在中国外交史上，夫妇皆官至大使者，实在为数不多。张大使乃伦敦经济学院校友，事业有成后回母校讲学，乃人生一乐也。

　　2005年11月5日星期六，余与夫人于伦敦凤凰阁酒家设宴欢迎安徽省副省长文海英暨安徽省访英代表团，张小康公使莅临主礼。正值余考入剑桥大学国际关系研究所，故余"对酒当歌"，谨赋诗以记。

愁

The Weeping Willow by Clare Bridge

What makes me remember, at Selwyn my college life?

To Cambridge, have emotional attachment why do I?

In the Old Court under moonlight, my imagination flies.

As eternal love in heaven never it dies.

Exodus from Oxford to Cambridge, happened in 1209,

By the Bishop of Ely, in 1284 Peterhouse established

Along Grange Road, cherry blossom thrives,

Glorifying the first Archbishop of New Zealand, memory refreshed.

Praising the smiling daffodils, song–birds sing,

Punting along the river Cam we bathe under sunshine ;

Along Trinity Avenue on tandem in autumn we ride, snow falling,

On King's Bridge, it left your footprint and mine.

Like the weeping willow by Clare Bridge, so sure,

For another 800 years I will, accompany you.

By Wing Kai Ho, 2009

Dedicated to the 800th

anniversary celebration of

the University of Cambridge

A Butterfly

In an autumn night
At the courtyard of Selwyn College
On the lawn
The moon shed its light

Within a room in D Block
Lived a poet
He sat at his desk
Playing on his laptop
He ran into a dream
Flying his imagination
As a child, who was flying his kite

She was sleeping
With a smile
On her face the moon shed its light
Kissing the glass of her window
As if I were kissing her cheeks

愁

I flew up to her window

Like a butterfly

Woken up by the church bell

I rubbed my eyes

Looking out of my window

I saw the ivy in crimson

Crawling along the red brick

Wall up to her window

In reality that was not the butterfly

In a 2005 autumn night

Through my window

The moon shed its light

Before I closed my curtain

I gave a flying kiss to the lawn

To the courtyard of Selwyn

I said good night

遥寄何蔚高校长

一 缕 乡 思 寄 寒 星 ，
帘 下 兰 花 岂 无 情 。
白 发 催 人 开 万 卷 ，
不 闻 窗 外 风 雨 声 。

愁

注：学生何荣佳 2006 年冬寄自剑桥大学。

南中感懷　樊晃

南陌蹉跎窮末囿常
嗟物候晴和催四時不
定江頭十日先開嶺
上梅　　朱煒然

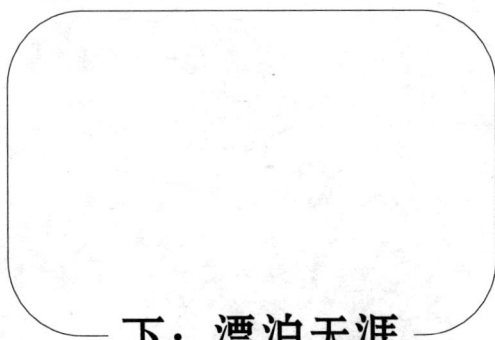

下：漂泊天涯

木棉红

岭 南 三 月 万 花 红，

木 棉 似 火 舞 春 风。

英 雄 不 作 小 盘 树，

豪 杰 仰 慕 大 青 松。

注：1965 年于广州华南师范学院附属中学，时年十八岁。

寄二姐

铁城宝塔影云中，
十载寒窗育雏龙。
一朝梦醒香江夜，
晨风拂袖气如虹。

注：1972 年于香港。

78

品茗香江

一叶飞舟向海东，
中原无地住英雄。
戏水长江人不倦，
把盏黄河客从容。
跃马燕京春风里，
泛舟西子夕阳红。
今日香江同品茗，
笑指鸿雁落梧桐。

注：1973年于香港。

愁

赏牡丹

丙辰年宵夜珊阑，
龙城偶遇周文姗。
正欲问君何所住，
彩蝶引我赏牡丹。

注：1974年于香港九龙城。

八仙岭

翻越一山又一山，

一山更比一山难。

人生苦短山无限，

惟幸知我有红颜。

愁

注：1975 年于香港为梁起龙贤弟所摄八仙岭题诗。

江河万里

崇 山 峻 岭 复 飞 流 ，
江 河 万 里 贯 九 州 。
游 子 有 家 归 不 得 ，
何 时 把 剑 伴 君 游 。

乡

注：20 世纪 70 年代初期于香港大会堂黄
君璧画展。

问群叟

浪 迹 江 湖 偶 泊 舟 ，
借 问 群 叟 欲 何 求 。
齐 道 不 堪 坑 儒 苦 ，
香 江 暂 作 避 秦 楼 。

愁

注：20 世纪 70 年代于香港黄君璧画展。

83

云海旭日

天　意　高　难　问，

凡　间　尽　微　尘。

云　海　浮　旭　日，

神　恩　沐　世　人。

注：1975 年于香港至东京的国泰航班上。

回周子敬先生

生 平 挚 友 多 忘 年 ，

缘 到 星 洲 遇 逸 仙 。

小 小 书 斋 客 常 满 ，

品 茶 议 事 尽 圣 贤 。

愁

注：回周子敬先生，何荣佳 1979 年作于
新加坡。

In Singapore

Fate has me to meet
A man by wisdom aged

Amongst good friends
This difference
of years must surely fade

His study room
Such kinship spawned
with guests both wise and sage

Of wordly things
And enterprise
O'er tea was discourse made

Dedicated to Mr. Chow Choo Kheng
Chairman of the Khong Guan
Group of companies
By Ho Wing Kai
1979 Singapore

86

阵阵泉声

生来浩气逞豪英，

半世戎马为垂名。

深山对火寻好梦，

阵阵泉声报安宁。

注：何荣佳 1985 年 5 月 5 日于英国德
茂岭芝柏山庄。

愁

The Gentle Breeze

(I, as many an ancient poet, am)
Born with that same noble spirit
Which must try to emulate,
Those whom I admire, the Great.

Donning my armour, sword in hand,
I mount my horse, for battle clad;
Ever obsessed with the glory of fame:
For this victory I must aim.

By the hearth in Gidleigh park,
I hide myself in Dartmoor's dark
Caress .Here the battles I have fought
Dissolve in the beautiful dream I have sought.

Outside the window, under the trees,
The song of the stream through the gentle breeze
Gives me a mood of tranquillity,
And in this heaven are you and me.

Original Chinese poem by Wing Kai Ho
Rewritten into English by Julian Grinsted, on 5th May 1985
Gidleigh park
Chagford Devon
England

咏 竹

风 吹 绿 竹 个 个 劲，

雨 洗 尘 环 节 节 明。

晴 空 伴 我 虚 怀 抱，

露 寒 侵 袭 更 高 清。

注：1976 年题香港万国艺术专科学校周世聪校长彩竹图。

愁

抱月眠

陌 路 逢 倾 国，

天 涯 抱 月 眠。

夜 深 云 影 动，

匆 匆 到 窗 前。

注：1976 年于东京京王酒店。

乡

90

望双亲

阔 别 英 伦 寻 祖 根，

荣 归 游 子 作 泪 人 。

三 过 国 门 不 敢 入 ，

遥 向 家 乡 望 双 亲 。

愁

注：1987 年于香港。

葬 母

坟 前 一 炷 香，

游 子 泪 两 行 。

离 家 二 十 载，

三 回 返 故 乡 。

乡

注：1991 年于番禺飘峰祖坟。

翠亨少女

琅 琅 书 声 问 白 云 ，

校 园 花 木 几 更 新 。

翠 亨 少 女 轻 回 首 ，

似 是 童 年 梦 里 人 。

愁

注：1992 年于翠亨村中山纪念中学。

扫 墓

清 明 念 慈 母，

屈 膝 抚 墓 碑 。

生 前 难 尽 孝，

游 子 空 伤 悲 。

注：1992 年清明于广州番禺飘峰祖坟。

焚 香

庭 前 小 鸟 唤 昭 君，
后 院 芭 蕉 盼 牧 人 。
明 堂 高 挂 敬 如 在 ，
点 烛 焚 香 跪 母 亲 。

愁

注：1993 年于中山市浪网乡故居。

奔父丧

连夜飞行九万里，

月哭星泣天地哀。

花拥灵柩容未改，

知否游子已归来。

注：1994年5月于广东中山浪网乡。

乡

思亲亭

深 秋 一 轮 飘 峰 月 ，
依 稀 慈 母 唤 儿 声 。
思 亲 亭 下 三 杯 酒 ，
天 地 人 间 父 子 情 。

愁

注： 1995 年于番禺大石飘峰祖坟。

结 庐

北 风 呼 呼 兮 伶 仃 洋 ，

壮 士 辞 亲 兮 别 故 乡 。

漂 泠 海 外 兮 怀 家 国 ，

结 庐 飘 峰 兮 伴 爹 娘 。

注： 1997 年应国务院侨务办公室之邀，
回国参加香港回归大典，顺道回乡拜祭父母，
感极而歌。

98

诗人上香

星州御苑百花开，

千禧晚宴凤凰台。

十载春风复秋雨，

一代诗人上香来。

愁

注：此诗为悼念单姚莉莉女士而作。